現代短歌クラシックス06

# 微熱体

千葉聡

目次

# 微《び》熱《ねっ》体《たい》

# 愛について（抄）

この世で一番みじかい愛の詩は
愛
と一字書くだけです
寺山修司

「愛」の字の中にたくさん、《たね》がある　書き続ければいつか芽が出る

『あい』という言葉で始まる五十音だから傷つくつくつくぼうし　俵万智

「娘は『愛《あい》』息子は『上男《うえお》』と名づける」とつむじが三つある友は言う

二人いて、救命ボートに乗れるのは一人、なら二人羽織をするぜ

イニシャルを煙草で組み立てる夜もこころはみんなひとりのりでしょ

飯田有子

はじめに　ひかりがありました
ひかりは哀しかったのです

八木重吉

# 「失恋」はあるけど「失愛」なんてない　詩になれなかった落穂を拾う

日も暮れよ　鐘も鳴れ
月日は流れ　わたしは残る

ギィヨーム・アポリネール
堀口大学　訳

銀紙に包まれているコインチョコ「■」愛とはきっと「人」に似ている

雪は火のくちづけにふれて溶ける、
そなたの心はわかれのくちづけに溶ける。

レミ・ドゥ・グルモン
上田敏　訳

降りだした雪ごと君は僕を抱く　口語短歌のようにふるえて

生きながら愛を愛して愛にする愛であれ　僕の影にも微熱

われ男の子意気の子名の子つるぎの子詩の子恋の子あゝもだえの子

与謝野鉄幹

# 約束

休憩用ホテルの裏にバスケットのゴールがあって僕たちがいる
レイアップもできない僕を見てリョウは虹の所有者みたいに笑う

くやしいけどリョウのシュートはいい　空に光を送り返す約束

高校を中退したリョウ「高校は出ておけ」と語る　バーナーのように

星の出るころにはボール抱いたまま熟れゆく空を見てふざけたね

夜遅くバイトに出かけるリョウたちは小銭を賭けてバスケをしてた

リョウが勝つようにと僕らは指笛や空き缶叩きの応援団員

お気に入りのバッシュは履けなくなってきた　足の大きさだけ準大人《じゅんおとな》

休憩用ホテルはつぶれ僕たちの基地もヒーローたちも消された
大学の帰り道ふと足音がバスケのドリブルみたいに響く
目を閉じてこれから生みだす詩と君の名づけた星座を思い続けた

**虹飼ホテルにて**

溶けだしてしまったソフトクリームは舌を@の字に動かして食う

教科書など鞄の底に押し込んで夏は海辺のホテルでバイト

「正式な会より二次会《にじかい》気分で」と笑う〈虹飼《にじかい》ホテル〉オーナー

開かれたことなく古びた聖書ならバイトの宿泊所にもあります

「リン」とだけ名のった少女「君なんかよりもわたしは年上よ」だって

リンの手に〈火に寄る蝶〉のタトゥーあり　皿を拭く手は羽撃《はばた》くリズム

「虹の色全部言えたらキスをしてあげる」だなんて出典は何？

聖書とは拾い読みするためにある　ユダの言葉をさすリンの指

「マグダラのマリアは神に逢うために身を売ったの」と少女は説いた

客のいないバーでホテルのオーナーが薄目のままでうたう賛美歌

ゴミ置き場でビンを叩いて音階をつくるドレミファァそらに新月

老作家はプールサイドで昼寝中　レンジでチンしたバナナのように

折り曲げた雑誌で股間《じぶん》を刺激する老いた作家は「☆」も書けない

まず軽く二度目は強く窓を拭く　ガラスにうつる虹をなぞって

エレベーター「閉《へい》」は「開《かい》」より乱暴に押され、カインはアベルを憎む

叱られた僕をかばってリンは泣く　入道雲は数えられない

夕凪の渚でしりとり「ささ」「さかさ」「さみしさ」なんて笑いとばせよ

父親に乱暴されて育ったと笑ったリンの肩を抱くだけ

どこまでが僕の熱かもわからずに抱く　海を焼く呪文を忘れ

だぶだぶの闇をたたんでゆく波の音が二人に染みこんで、朝

遊ぶ人、遊ぶふりする人のためホテルは虹を従えて佇《た》つ

午後五時のホテルのロビーに闇はない　誰か何かの目に照らされて

未完成のままの絵の隅　灯台は真白《ましろ》な影として描《えが》かれた

老作家の部屋から出てきたリンを見た　その手に金は握られていた

その髪を老いた男にいじらせて少女は波を聴いたのだろう

目の奥に影の雫《しずく》が棲《す》むように海になくしたものの名を言う

泣くなんて兄弟喧嘩して虹を見逃しちゃったあの日以来だ
詩をとばし読みするほどの勇気ならもう持ってると思っていたけど
お別れに大きく握手するときもオーナーはなぜか薄目になった

言いたいことなどないふりで別れゆくホームに君の影だけ淡く

いくつかの夏は過ぎ去り背が伸びたぶんだけ僕はうつむきかげん

人々が指さす空を見た　それが虹だとすぐにはわからなかった

好きだった　君が聖書をめくる音　空を許して消えてゆく虹
ソフトクリーム溶けたら溶けたままにして街に染みこむ音符になろう

# 詩人D

彼の名は大吉《だいきち》なのに手紙にも出席カードにも「D《ディー》」と書く
「大吉」と僕が呼んだら「これからはDと呼べよ」と言う変な奴

詩人Dのおでこはでかい　耳くそをほじって「おまえも詩を書け」と言う
「詩じゃなくて、小説を書く」という僕に「バカッ！　小説《おまえ》と詩《おれ》は友達だ」
晴れた午後　三号館の屋上で詩と悪口とオーラの練習

雨あがり　詩が書けなくて泣いてみる不細工な僕の熱い鼻水

僕だけの気弱な夢が遺伝子の螺旋をほどいてゆく　でも行こう

同人誌「海底都市」の第三号　表紙に僕とDの指あと

## 完全なあんまん

「コンビニ」は冬の季語です　笑うためあんまんを抱き肉まんを食う

君の目にすぐ入るようコンビニの前に立ってる　風がはじまる

君は来る　グレーのコートの襟を立て正しく笑いながら来るだろう

テレビ誌をまるめて望遠鏡にして空のキリトリセンを発見

あんまんは冷えたらただのまんじゅうになるよだなんて真っ白な嘘

街角のノイズにルビをふるように両手に熱い息を吹きかけ
二十分遅れてやってきた君にあげるあんまん　僕の体温

ペットボトル

大学をやめたマサルは空色《そらいろ》の建設現場で働きだした
僕は空を見すぎて喉がからからで建設現場に遊びに行った

赤クレーン　ウルトラマンの故郷《ふるさと》を指《さ》したらスイッチ切られちゃったよ

弁当を半分食って建てかけのビルの五階で詩を読むマサル

差し入れのジュースは友のほっぺたにひゅるりと当ててから渡すのだ

顔あげて飲むスプライト　太陽とペットボトルと君は一列

からっぽのボトルにフタをする　中にシンプルなため息を閉じこめ

マサルから借りたヒルティ『幸福論』返しそびれていただけの夏

漫画家志望　作家志望

この夏も少女漫画の新人賞めざしてる君　虹食いながら

僕に〈火を見て泣いている人〉の真似させて漫画のスケッチをする

エアコンを〈一時間後に切る〉にして抱き合う　漫画の続きのように

雲形の定規についた水滴をなめたら甘い汗だった（多分）

「中学のころまで『金魚すくい』って『金魚救い』と思い込んでた」

ペンを持つことで何かが救えるか　夜半《よわ》に鳴きだす蟬はアカペラ

未来から過去へと進むストーリーを思いつく　もう夜明けになるよ

＊　＊　＊

漫画家をめざして君はペンをとる　隣で僕も詩を書いてみる

土曜日の夜のテレビで「次世代の作家特集」　カルピスつくろう

一万年たったら二万回を超え受賞者三万人　直木賞

君の目が「わたしのために（ためだけに）いい小説を書いてね」と笑う

コンビニまでペンだこのある者同士へ、ん、と、つ、く、り、になって歩いた

口笛を吹くなら小室メロディーはやめろよ記憶の芯が痛いよ

恋人と語らうために買ってきた夜食は輝くラップの中に
僕たちは水平線になりたくて身を寄せ合った　湿った手と手
パトラッシュも生き返らせる　泣き虫な君に聞かせる寝物語で

長生きの秘訣のように君の目が「）」になってるのを見とどけ眠る

＊　＊　＊

新人賞発表号は落選者発表号だ　僕らは　　　　《からっぽ》

漫画家の卵のままで冷やされてゆく　選評は丁寧語ばかり

励ましが必要だ　食べ放題の店で焼肉焦がし放題

抑揚をつけて「嫌い」と言ってみる　光にまみれ膨れゆく風

小説がまだ書けないでいる僕はわざと器用に霜柱踏む

「漫画家になれますように」「小説が書けますように」初詣ブルー

指鉄砲で飛ばしたゴムの輪の中に時の青さが一瞬満ちた

デビュー

海外へ行くため夏だけ塾講師している僕の黒縁《くろぶち》メガネ

塾講師は修業の一環　上田というハードな学校教師志望者

いつかデビューできるよ　ノートの罫線は字の下の位置しか決めてない

千葉先生↓千葉さん↓千葉君　四日目に上田は僕を「千葉」に昇格

黒板の傷に手を当て「棒読みの授業はしない」と上田は吠えた

講師用準備室ではリラックスするため学習漫画を読もう

教科書に挟まれ何も知らぬままただそこに在《あ》る栞　では、また

生徒らを笑わせすぎた罰として上田は塾をやめさせられた

中央線ガードの下の壁に見る落書き〈地球最後の日〉の絵

世界中すべての人が一斉にジャンプをしたら地球は壊れる?

酔った友が舗道に修正ペンで描《か》く名画〈地球を救う僕たち〉

星の位置たしかめながら目を閉じて傷の形の闇を見ていた

がんばれ

「先輩がフランスへ行く」と聞いたのはノストラダムス明けの八月

大学で平和な〈単位の取り方〉を教えてくれたN先輩は

渋谷駅西口で会うなつかしい友とよく会う友と夕立

先輩の壮行会は居酒屋で「よう」とか「おう」とか言って始まる

割り箸に指を挟んで割れるまで短い夏を楽しむ　無傷

四（五？）次会のカラオケで飲むカルピスの乳酸菌は果てなく生きろ

球体になりきれぬ脳　寄せ書きの隅に「先輩がんばれ」と書く

セバスチャン

友達のお姉さんから「うちの店でピアノを弾いて」とアルトの誘い

「ジーンズじゃだめよ」と言われ闇色《やみいろ》のスラックスなど買いに渋谷へ

今日は時給千五百円　真夜中のバーでピアノを弾く僕の値段

まだ客の少ないうちに「月光」の三楽章を半分弾いた

圭《けい》ちゃんは汗をかかない　まだ生きている星みたいにシェイカーを振る

「セバスチャンと呼んであげよう」圭ちゃんは下男タイプの僕をからかう

よく揺れるピアノの譜面台に棲《す》む傷も光もぬるい液体

新月の匂いをさせて離婚したばかりの登喜《とき》ちゃんバーにあらわる

左手の甲のほくろに毛が生えて今夜もだるく笑う登喜ちゃん

新しい恋の予定を立てながら登喜ちゃんは背を丸めすぎだよ

ユーミンをリクエストされ「DOWNTOWN《ダウンタウン》 BOY《ボーイ》」と「卒業写真」を弾いた

押されたらもう上がらない黒鍵《こっけん》に残った汗の粒　みずがめ座

圭ちゃんがシェイカーを振る　僕の弾く「フライ・ミー・トゥー・ザ・ムーン」に合わせて

登喜ちゃんがキスや握手を誰にでもするころ僕は握手組入り

お別れに「ウルトラマン」をリクエストした登喜ちゃんの手はあたたかい

圭ちゃんが僕をウルトラマンと呼ぶ　セバスチャンとは昔の名前

午前五時　仕事を終えた圭ちゃんが「溶けた時計」のぬいぐるみにキス

もう夏も終わりみたいな空の色だねって何を言ってるんだか

新橋で乗り込む始発電車には時に呑まれて眠る人々

やさしい歌　指先の傷は試されて試されすぎている　うたいたい

## 祈り

——お見舞いに来ないでください。青空が沸騰しました。まだ元気です——

＊
＊
＊

川べりの病院「面会時間」ではなく人は言う「ふれあいタイム」

お見舞いは漫画とお菓子とラブレター（僕が帰ったあとで読むこと）

「別《べっ》コミ」は「別冊少女コミック」だ　僕は発売日も覚えたよ

細い腕見せて「入院ダイエット」と笑った君に、笑うしかない

二人して交互に一つの風船に息を吹き込むようなおしゃべり

シャンプーの泡の色した枕には落書きみたいに抜け落ちた髪

午後八時「ふれあいタイム」終了の放送「ふれあいたい」に聞こえて
病院の庭に落ちてたテディベア小さく祈るように地を抱く

## 朝刊配達

父さんは新聞販売店店主「主《しゅ》」は「首《しゅ》」でもあり「守《しゅ》」でもあるのだ

午前二時　父さんと僕とスタッフと冷たい風は店に集合

トラックから新聞の束が落とされて闇もあたためられて仕事だ

店長と一緒に開《ひら》くスポーツ紙「今日の運勢」だけ見て閉じる

半分だけポストに入れた朝刊は超夜型の天使の羽かも

暴走族、暴走を終え雲色の団地へ帰る　夜が明けて春

キッチンに朝日はあふれ母さんは味噌汁をまたあたためなおす

新聞よりやや新しいことを言う朝のテレビを消して眠ろう

テオ

友達を「さん」づけで呼ぶ馬鹿どもを蹴とばしたくなる　同窓会なんて

笑わない　メロンの上に寝そべっただるいハムにはなりたくないんだ

音楽の道を途中であきらめた鉄男《てつお》をからかうブタがいるいる

「たしか君《きみ》『テオ』って名前でデビューするはずだったよね」ブタ増殖中

テオというあだ名は僕がつけたのだ　僕は鉄男の〈あだ名づけ親〉

上品な奴らの耳を噛みちぎる強さでテオは言葉を噛んだ

パーティーを抜けだすテオと僕　銅貨二枚が騒ぐポケットの中

パチンコに寄れば空気を原色で染めようとしているＢＧＭ

Ｊ－ＰＯＰなんて、好きだよ　まばたきのペースで「愛」を連呼するから

コンビニの駐車場にて語られる人生論まだ半人生論

駅前の路上ライブの少年にまじってテオも夜空にうたう

朝焼けの空に大きな傷を描《か》く絵筆になったように背伸びを

# 弟

弟は入間《いるま》で一人で暮らしてる　電話を持たずに携帯電話《けいたい》を持つ
弟は自動車の整備士をしてる　酒は飲めない漫画も読まない

弟の手は真っ黒で手のしわはもっと真っ黒まるで入れ墨

弟の土曜は仲間と過ごす日と決まっているのだ生まれた時から

日曜の夜遅くには「寝ていた？」と必ず言って僕の部屋へ来る

「父母《ちちはは》も兄貴もみんな元気だよ」僕もいつもの調子のあいさつ

辻仁成、芦原すなお、アーウィン・ショー、僕の本など持ちだす弟

弟が忘れていった雑誌とか腕時計とか増えてゆく部屋

## メロディー

日曜は（歌会のない日曜は）サッカーをやる（小雨決行）
チーム名は「ドリームメーカー」年齢やいろんなことを超えた僕たち

まだ杖を捨てたばかりのアキちゃんは風に向かってヘディングをした

両腕の事故に負けない辻君が「ハンドをした」と自己申告する

タッチラインを出そうなボール「生きてる?」と聞けばみんなが言う「生きてる」と

「ボランティアの千葉」ではなくて、くっきりとした影を持つ千葉でありたい

Tシャツを脱いで暮れゆく空を見て寝ころぶ　レゴのかけらのように

「新作の短歌を言え」とてっちゃんが近づけてくる補聴器の耳

「千葉君の初のゴールを祝して」とシン兄ちゃんはサザンをうたう

本日開店

チラシには立派に痩せたゴシックで「パスタのお店《サラ》今日開店」

サラがよくノートに描《か》いていた〈籠の中の少女〉がメニューの表紙に

料理人サラの門出を祝うため僕らは「腹が減った」とわめく
前サラとつきあっていた中村は水を飲み干し氷も食った
一日中青空を見ていたような目をしてサラは厨房の中

「一分で食えたら無料《ただ》にしろ」なんて言う中村をみんなで殴る

「また来てね」「また来るよ」　「また」と言うときに僕らは僕らのまま笑うのだ

さよならの歌が流れる街角で光に向かって歩いていこう

フライング

明日《あす》消えてゆく詩のように抱き合った非常階段から夏になる

空の果て見とどけたくてサングラスはずしても宇宙的にはＯＫ

君の立つ場所を世界の重心として青空の青に連敗

「人の二大義務は死ぬこと、恋すること」　息をすること、食べることでは？

君であること僕であることとさえも笑っちゃうほど朝焼けを見た

「Y」よりも「T」よりも「个」になるくらい手を振り君を見送る空港

銀河系から脱皮せよ「さよなら」の「さ」と「よ」と「な」と「ら」舌で書く空

殺される役でケントが五秒だけ出ている映画をケントと見に行く

オーディションに落ちてもハードボイルドでいく俳優の卵（マジかよ？）

自販機の取りだし口に置き去りの自意識過剰っぽい缶コーラ

ボクサーであり続けるため海沿いの道を走っているヒロである

パンチには嘘つかないこと　牛乳は噛んで飲むこと　生きてゆくこと

俳優の卵がカレーの大盛を食いながら読むジャンプは臭い

ボクサーはラーメンライスを食いながらテレビでバリの海を見ている

熱帯夜　背後霊氏に抱かれつつ叫んでみたい「さらば地球よ」

引力に負けて地球に貼りついたイデアだ　海も光も僕も

ケントからはしゃいだ電話「九月から舞台に立てる」二十二時　晴れ

第三次選考で落ちた小説と僕は別れた　燃えるゴミの日

コンビニのおにぎりたちは夕虹に気づかぬ者に売られてゆくよ

人が見ていないときだけ噴水は空になるのをあきらめてみる

ケント死す　交通事故の現場には溶けたピリオドみたいな今日が

喪服など持たないヒロはジーンズで来た　命より赤い目をして

あたたかいと思うことにして触れる顔　輪郭は世と世の境界線

五十音さかさに「無《ん》」から唱えだす「吾《あ》」になるまでに泣きやむつもり

友の死を君に知らせる手紙には無性生殖したような「……」

ポスターはこの夏に灼け出演者変更のビラ白く貼られる

唾を吐く　体の中にまだ白いものがあったと驚きながら

ボクサーと走る夜明けの海沿いの道　足音の残響を聞く

「おまえにしか書けないものがきっとある」賢人《ケント》のことば寄せかえす海

台風が近づく夜更けペンをとる　僕は闇でも光でもない

ワープロのキーを叩いた　この星の引力に負けないほど強く

蛇行せよ詩よ詩のための一行よ天国はまだ持ち出し自由

ノイズ

「帰国します」留守電に君の声　目覚めはじめた街のノイズとともに

唐突に日本に帰ってきた君を迎える　光に汚《よご》れた空港

ｅｒ《イーアール》付いてるような「ただいまー」わざとゆっくり言う「おかえりー」

軽くキスして僕たちは天気予報どおりの淡い雨さえ笑う

アメリカの中華料理は中国のハンバーガーより超ジャンクとか

来週の展開なんてしゃべるなよ「ビバリーヒルズ青春白書」

交差点その真ん中で秋雨を聴いた　母音で終わる宿命

セロテープ引きだし続けているような雨音　渋谷は空に傾く

サリンジャー忌

僕たちはやさしい顔で出かけよう　君のひんやりする手を握り

一首より多くの文字の印《しる》された切符が導く夕日の街へ

駅前の本屋でふいに思い出し『ライ麦畑でつかまえて』買う

会社員が手にした「小説新潮」の表紙に「Sho-shin」昇進？　傷心？

立ち寄った花屋の奥のテレビから地球温暖化の警告が

透明な空に向かって伸びる芽のように二人でのぼる坂道

坂道をのぼればゲゲゲの鬼太郎もキレちゃうくらいのお粗末な墓地

サリンジャーを愛した友の墓は手を伸ばして握手する高さもない

大作家の代わりに君が『ライ麦』を朗読してみる　友の墓前で

小説だけ残して行方をくらましたサリンジャー、まだつかまえないで《「もういいかい」「まだだよ」》

## 青空症

キャンパスの隅に「サークル長屋」あり曲がった鍵で開《あ》くわが部室

卒業後四年たってもキャンパスに棲《す》むオペラ座の怪人どもよ

「荘」のつくアパート族は五割なり劇団員は総勢十名

「大道具」兼「相談役」王様の耳がロバでも聞いてやる僕

論文の提出期限だけ覚え大学院も夏休みになる

演出家ヒデは工事のバイトして灼けた　真夏を私物化するなよ

コンビニで森高千里の「ファイト！」など聴いてくしゃみを三回しちゃった

レシートを千切りにしてひとつ引き0《ゼロ》が複数あれば大吉

コピー機は台本を吐き武者震い　地軸のずれを楽しむように

「見せてくれ心の中にある光」小沢健二も不器用な神

蚊を叩きB型の血をしぼりつつ台本にらむ女優のしあわせ

父親を勘当して（とは本人談）彼女は自力で役者をめざす

演劇論たたかわせてもコカコーラ、アイスコーヒー見た目は同じ

「さっきのは冗談だよ」と言ったのが謝罪なのかも　奥歯を噛んで

真夜中の屋上に風「さみしさ」の「さ」と「さ」の距離のままの僕たち

ポスターに刺した画鋲は夕焼けが宇宙に変わるラインを向いて

ヒデが目の病気になったと告げた夜　アイスの棒には歪んだ「あたり」

目の光うしなってゆく君が聴くエコーズ『グッバイ・ジェントル・ランド』

「嘘ばかり書くな」と僕の詩を破る君の瞳にうつる夏空

草笛を流して明日を占った川の名だけが思い出せない

公演の前日の夜の役者たち特大音で屁をしたりする

一瞬のスポットライト　人類にはじめて会った朝日のように

君のため舞台の実況中継をする　新しい感動詞を生み

父の名で届いたでかい花束を一度だけ抱く　女優であれば

海岸へ続くレールに捨てられた手紙は雲の影に轢かれて

ふるさとへ向かう列車に乗り込んで〈考える人〉の真似をしたヒデ

心には心の心「必ず」と書くように手を振る僕の影

てのひらの整髪ムースの泡つぶの突起をしばしながめて九月

二十代後半戦を泳ぐため歯みがきガムは強く噛みなよ

天気予報　君住む街の上空の雲は曲がった鍵の形に
真夜中のニュースキャスター「またあし……」でＣＭになる　僕が「た」と言う

# 千葉先生は将来、何になりたいですか？――「現代短歌クラシックス」版のあとがき

研修会で仲良くなった、小学校の先生からメールをもらった。

「うちのクラスで、班ごとに壁新聞を作っているのですが、ある班が千葉さんのことを書きたいと言っています。ご協力お願いいします」

『飛び跳ねる教室』という小さな歌集を出したところ、朝日新聞が教育面で紹介してくれた。先生は、その記事をクラスで読み上げてくださったそうだ。

「わたしの友だちでね、短歌を書いている人がいるんだよ。みんな、短歌って知ってる？」

先生の朗読をじっと聞いている子どもたちの姿が浮かぶ。大きな目をキュッと細めて、よく笑う先生だ。きっと明るい、いいクラスなのだろう。

数日後、子どもたちの手紙が送られてきた。マス目の大きな原稿用紙に鉛筆で書いてある。

「千葉先生、質問に答えてください。答えにくかったら、答えなくてもいいです」

あぁ、お気遣いいただき恐縮です！　高校の教員、千葉聡です。よろしくお願いします。

「短歌は楽しいですか？　どこが楽しいですか？」

単純なようでいて、なかなか本質を突いている！　えーっと、どう答えようかなぁ。

よし、本音で話そう！　短歌は楽しいです。日々の生活の中では、正直にものを言えないときもあるけれど、短歌だとさまざまな思いを表現できます。短歌は自分にとって、ものを言う勇気を与えてくれるお守りみたいなものなんです。書きたいことがらを思いついて、「どんなふうに書こうかな」と考える時がいちばん楽しいです。

「どうして短歌を始めたのですか？」

小さいころから本が好きで、いつか自分の本を出したいと思っていました。大学院生だったころ、「短歌研究」という雑誌の新人賞をもらいました。当時は二十代の男性が受賞するのは久しぶりだということもあり、大きな話題にしてもらいました。それがきっかけとなり、短歌やエッセイを本格的に書き始めました。……ちゃんとした答えになっているかな？

「短歌はどうやって思いつくのですか？」

きれいなものを見たり、旅行したりして短歌を詠む人は多いようですが、自分はそういうことが苦手です。変な歌人なんです。逆に、毎日が忙しければ忙しいほど、短歌が生まれます。以前は、自分たち若い世代の姿を詠んでいました。今は、生徒たちの姿を詠むことが多いです。高校生たちはかわいいですよ。（小学生のみんなから見たら、大きなお兄さん、お姉さんなのですが……）。高校生を詠んだ短歌を少しだけ紹介しますね。

　好きだとは言えないときの「好き」なのだ　蛍光ペンで書かれた「バカ」は

　長い手をありえない角度に曲げて男子三人寝る昼休み

　手を振られ手を振りかえす中庭の光になりきれない光たち

「千葉先生は大きくなったら何になりたいですか？　将来の夢は何ですか？」

あぁ、大きな大人になった俺にも、まだ将来があると思ってくれるなんて、どうもありがとう。そうだよな。まだまだ俺にだって将来はあるんだ！

えーっと……。将来は、たくさんの人たちに愛される歌人になりたいと思います。学生時代、ヘッセやサリンジャーや山本周五郎を読みました。電車の中で山本周五郎の『柳橋物語』を読み、涙をボロンボロンこぼしていたら、隣にいたおじさんから「それは何の本ですか」と聞かれ、書名を教えてあげたこともあります。山本作品を読むと、そこに描かれた人たちの真剣な生き方に圧倒され、「俺ももっと頑張らないといけないな」と思わされます。疲れた夕方や、心さみしい夜には、山本作品から元気をもらいます。俺も、そんなふうに、誰かの心に届く作品を生み出したいと思います。

最初は「小学生相手だから、簡単な言葉で答えないといけないな」と思っていたが、気がつけば全力で答えを書いていた。

数週間後、壁新聞が届いた。模造紙にマジックペンで書いてある。俺の似顔絵まで載っている。見出しは「歌人の千葉聡先生、将来は山本周五郎のような作家に」だった。

なんてありがたい！　光栄だ。恐縮してしまう。なんだか泣けてくる。

将来はこの子たちのためにも、すばらしい歌人になってみせよう！

　壁新聞いっぱいに咲く縦長のハートと横に長い俺の顔

＊　＊　＊

二十年前の歌集『微熱体』に栞文を寄せてくださった加藤治郎さん、荻原裕幸さん、穂村弘さん。おささえくださった短歌研究社の押田晶子さん、菊池洋美さん。この歌集を現代に蘇らせてくださった書肆侃侃房の田島安江さん。どうもありがとうございました。

新しくなった『微熱体』も、みなさん、どうぞよろしくお願いします。

二〇二一年一月

千葉 聡

本書は『微熱体』（二〇〇〇年、短歌研究社刊）を新装版として刊行したものです。
「あとがき」は、「ＮＨＫ短歌」一六八号に掲載されたエッセイに加筆しました。

**著者略歴**

# 千葉聡（ちば・さとし）

一九六八年、神奈川県生まれ。高校教諭。

一九九八年、第四十一回短歌研究新人賞受賞。

歌集に『飛び跳ねる教室』『今日の放課後、短歌部へ！』『短歌は最強アイテム』『グラウンドを駆けるモーツァルト』、小説に『90秒の別世界』、共編著に『短歌タイムカプセル』、編著に『短歌研究ジュニア　はじめて出会う短歌１００』などがある。

歌人集団「かばん」会員。國學院大學、日本女子大学の兼任講師。



現代短歌クラシックス06

歌集　微熱体《びねったい》

二〇二一年五月十二日　第一刷発行

著　者———千葉聡
発行者———田島安江
発行所———株式会社 書肆侃侃房（しょしかんかんぼう）
〒810-0041
福岡市中央区大名2-8-18-501
TEL 092-735-2802
FAX 092-735-2792
http://www.kankanbou.com　info@kankanbou.com

ブックデザイン——加藤賢策（LABORATORIES）
編　集———田島安江
DTP———黒木留実
印刷・製本———亜細亜印刷株式会社



ISBN978-4-86385-463-5 C0092